世界经典童话小说书系

海浪里的孩子

著者／伊万娜·布尔里奇－马佐兰尼齐 等　编译／王一明 等

吉林出版集团股份有限公司 | 全国百佳图书出版单位

图书在版编目（CIP）数据

海浪里的孩子／（南）伊万娜·布尔里奇-马佐兰尼齐等著；王一明等编译.--

长春：吉林出版集团股份有限公司，2016.12

（世界经典童话小说书系）

ISBN 978-7-5581-2102-9

Ⅰ.①海… Ⅱ.①伊… ②王… Ⅲ.①儿童故事－作品集－世界 Ⅳ.①I118

中国版本图书馆CIP数据核字（2017）第065127号

海浪里的孩子

HAILANG LI DE HAIZI

著　　者　伊万娜·布尔里奇-马佐兰尼齐 等

编　　译　王一明 等

责任编辑　李　娇

封面设计　张　娜

开　　本　16

字　　数　50千字

印　　张　8

定　　价　18.00元

版　　次　2017年8月　第1版

印　　次　2020年10月　第4次印刷

印　　刷　三河市嵩川印刷有限公司

出　　版　吉林出版集团股份有限公司

发　　行　吉林出版集团股份有限公司

地　　址　长春市绿园区泰来街1825号

电　　话　总编办：0431-88029858

　　　　　发行部：0431-88029836

邮　　编　130011

书　　号　ISBN 978-7-5581-2102-9

前言

　　儿童自然单纯，本性无邪，爱默生说："儿童是永恒的弥赛亚，他降临到堕落的人间，就是为了引导人们返回天堂。"人们总是期待着保留这份童真，这份无邪本性。

　　每一个儿童都充满着求知的欲望，对于各种新奇的事物，都有着一种强烈的好奇心，这样在成长的过程中就不可避免地被好的或坏的事物所影响。教育的问题总是让每个父母伤透了脑筋，生怕孩子们早早地磨灭了童真，泯灭了感知美好事物的天性。童话很好地解决了这个问题，让儿童始终心存美好。

　　徜徉在童话的森林，沿着崎岖的小径一路向前，便会发现王子、公主、小裁缝、呆小子、灰姑娘就在我们身边，怪物、隐身帽、魔法鞋、沙精随时会让我们大吃一惊。展开想象的翅膀，心游万仞，永无岛上定然满是欢乐与自由，小家伙们随心所欲地演绎着自己的传奇。或有稚童捧着双颊，遥望星空，神游天外，幻想着未知的世界，编织着美丽的梦想。那双渴望的眸子，眨呀眨的，明亮异常，即使群星都暗淡了，它也仍会闪烁不停。

童心总是相通的，一篇童话，便会开启一扇心灵之窗，透过这扇窗，让稚童得以窥探森林深处的秘密。每一篇童话都会有意无意地激发稚童的想象力和感知力，让他们在那里深刻地体验潜藏其中的幸福感、喜悦感和安全感，并且让这种体验长久地驻留在孩子的内心，滋养孩子的心灵。愿这套《世界经典童话小说书系》对儿童健康成长能起到一点儿助益，这样也算是不违出版此书的初心了。

编者

2017年3月21日

目录

MULU

真假王子

在很久以前的帕泰国，有一个裁缝，他为人和善，手艺精湛，因为缝衣店已经经营了三十多年，加上师傅手艺好，来做活儿的人络绎不绝。

因为生意兴隆，师傅经常忙不过来，所以就陆续雇用了二十个学徒。

学徒里面有一个名叫费吉林尼的小伙子。相貌帅气，聪明好学，做出来的衣服样式新颖。但是，他有一个缺点，就是非常愿意幻想。

每当费吉林尼幻想的时候，活儿就干得不像样。师傅虽然知道他有这个心不在焉的毛病，但看他头脑灵活，悟性很强，还是雇用了他。

有一段时间，费吉林尼幻想自己成了一个会隐身的勇士，或者是一个拥有无限权力的大臣，甚至是一个王子。

费吉林尼经常幻想自己走在路上，穿着华丽的衣服，侍卫仆人成群，大街小巷的人都笑脸相迎。想着，想着，他就会笑出声来。学徒们对他反常的举动感到非常无奈。师傅这时就会训斥他，使他回到现实中来。

城里的人都知道费吉林尼是个幻想狂，因此都不愿意搭理他。

"这些人太俗气，太不懂礼貌。我理应是一个高贵的人，一个了不起的人，可他们却把我当成神经病。这座城市完了，人心都坏了，环境还能好吗？"费吉林尼整天这样想着。

最后，他决定离开这个地方，去一个陌生的环境中生活。

一次，帕泰国的王子准备穿上最喜欢的一件礼服去参加晚宴，可是却发现礼服破了一点儿，便下令马上缝好。衣服被送到费吉林尼所在的缝衣店，师傅让他修补。

夜里，等大家都离开了铺子，费吉林尼拿出礼服欣赏。

"多么高贵的礼服啊，要是我穿在身上一定非常耀眼！"他四下看了看，确定没有人在，便把衣服穿了起来，左看看，右看看，转了一圈又一圈。

费吉林尼又开始了幻想，幻想着自己就是个王子。于是，他拿上王子的衣服，匆匆离开了王国。

他来到一个陌生的国度，发现没有人理会他，便有一些恼火。

"换上王子的礼服，会怎么样呢？"他幻想着，于是找了一家小旅店，换上了礼服。

他走在城里的大路上，人们怀着敬意欢迎他。

"这还差不多，这才是我想要的生活。"他得意极了。

"王子，你的马呢，你为什么步行呀？"人们觉得王子应该骑着高头大马才对。

"我喜欢步行。"费吉林尼回答说。

回到旅馆,他觉得人们说得很有道理,王子就该骑着马,那样才能彰显身份。

第二天一大早,他便到马市去买马。他在马市转来转去,发现膘肥体壮的马都很贵,手上的钱不够,最后勉强买了一匹老马。

费吉林尼骑马在荒野上漫无目的地走着。路上,他遇见一个长得非常秀气的小伙子。

"你叫什么名字,要去哪里?"费吉林尼走到他跟前问道。

"我叫海梅季,不知道要去哪里。"海梅季回答说。

"你呢,叫什么名字,要去哪里?"海梅季反问道。

"我叫费吉林尼,也不知道去哪里。"费吉林尼回答说。

荒郊野岭,两个人在一起也能有个照应,最后他们决定结伴而行。

费吉林尼的老马走得很慢，因此他就没话找话，拖延前进的速度。都是年轻人，沟通很容易，不久海梅季就放松了对费吉林尼的警惕。

走着走着，两人都觉得饿了，便把马拴好，坐在路旁，拿出随身带来的食物，吃了起来。

"你一个人出来，到底有什么事儿，我的朋友？"费吉林尼问海梅季。

海梅季望着天空，好像在想着什么。

"我从姑巴来。不久前，乌梅依苏丹，就是养育我的人病了，请了很多名医，都没有治好，最后死了。临死前，他把我叫到跟前，跟我说我不是他的亲生儿子，我的真实身份是巴格达苏丹的儿子，并讲了我的身世。原来，在我出生那天，算命先生对我的父亲说：'必须把你儿子带离这个王国，交给另一个苏丹，这里有太多的人嫉妒他。让他在另一个王国度过二十二年后再回到你的身边。'听了这些话，我父亲很害怕，便长途跋涉来到这里，把我交给了乌梅依苏丹。"海梅季说。

"父亲告诉乌梅依苏丹，让他把我带到巴格达城边山上的塔楼去，然后还交给乌梅依苏丹一把宝剑，这是我身份的证明。现在我就是要回到巴格达城，找到我父亲，父子相认。"海梅季继续说。

费吉林尼惊奇地睁大眼睛，打量着眼前这个王子。他曾幻想过自己是王子，而现在真正的王子就在眼前……

"我今年也刚好二十二岁，我们真是同岁不同命，我只是一个经常被师傅训斥的裁缝店学徒。"费吉林尼结结巴巴地说。

"这就是我的真实身份。"海梅季说。

乌梅依苏丹曾告诫过海梅季，在没找到父亲前，对自己的身世一定要保密，否则就会惹来杀身之祸。可是海梅季早把这些话忘在了脑后。

夜幕降临的时候，他们把随身带的皮子铺在地上，准备睡觉。

他们海阔天空地聊天，海梅季很快就睡着了。而费吉林尼却没有睡，一直在想着海梅季的话——我叫海梅季，是巴格达苏丹的儿子。最后，他决定冒名顶替海梅季到巴格达去。

费吉林尼从熟睡的海梅季身边悄悄拿过宝剑，跳上他的马，朝通往巴格达的大路飞奔而去。

第二天早晨，海梅季醒来，发现费吉林尼不见了，马和宝剑也不见了。他立刻明白了是怎么回事儿。

他后悔极了，这时才想起乌梅依苏丹嘱咐他的话，可是已经晚了。

母亲一定在思念着自己，二十二年的离别之苦是多么难熬啊！海梅季想到这里，鼓起勇气，骑上费吉林尼的老马，朝巴格达奔去。

路上，费吉林尼看到很多衣着华丽、骑着骆驼和高头大马的人，从他身边飞驰而过。路上尘土飞扬，队伍后面

还跟着一群奔跑的百姓。

费吉林尼身穿王子的服装，腰间挂着偷来的宝剑，骑着偷来的马，跟在队伍后面。突然，他眼前出现了一座塔楼。

"是巴格达城边山上的塔楼。"费吉林尼兴奋得脱口而出。

来到塔楼前，费吉林尼既没害怕，也没觉得可耻，大

8

大方方来到人群中。

"你们好！"费吉林尼问候道。

"你好！"人们回应说。

费吉林尼抽出宝剑，交给站在塔楼门口的一位老人，他就是海梅季的父亲。

"我的儿子回来了！"老人高兴地喊道。

费吉林尼在老人面前跪下。

"他回来了，他终于回来了，王子还活着！"人们议论纷纷。

海梅季的父亲在费吉林尼的额头上亲吻了一下，把他从地上拉起来。

人们正在为王子的归来欢呼雀跃时，真正的王子海梅季出现了。

费吉林尼看到他，脸色变得苍白。

海梅季跳下马，走到苏丹面前跪下。

"父亲，我才是您的儿子海梅季，这个人不是王子，是个裁缝。"海梅季激动地说道。

"父亲,不要相信他的话,他是个疯子。"费吉林尼心虚地说。

"你没有宝马,没有宝剑,凭什么说自己是王子,你这个胆大妄为的家伙,给我绑起来!"苏丹勃然大怒。

费吉林尼换上一匹特意为他准备的高头大马,同苏丹一起回巴格达城,而可怜的海梅季,却被捆在一头骆驼上,跟在后面。

"费吉林尼,你这个骗子!"海梅季咬牙切齿地骂着。

快到巴格达城的时候,苏丹派一个仆人去通知王后。

王宫两天前就被装饰得焕然一新,街道两旁的大树上挂着彩带,天上飞舞着五颜六色的风筝。

从早上开始,大街小巷就挤满了人,没办法,只好由侍从们在前面开道,苏丹和费吉林尼骑着马跟在后面。

苏丹和费吉林尼终于进了城。街道两旁,人们欢声笑语,载歌载舞,热情地欢迎他们。

费吉林尼终于如愿以偿地当上了王子。

进入王宫，看到富丽堂皇的宫殿，费吉林尼有些恍惚了。

"这个宫殿属于我了，因为我是王子，巴格达苏丹的王子！"费吉林尼心里在呐喊着。

"你在这儿等着，我去告诉你的母亲，她一定会很高兴。"苏丹对费吉林尼说。

苏丹和王后来到议事大厅。

"这哪是我的儿子啊！"仔细打量后，王后涨红了脸说。

被绑在骆驼上的海梅季此刻也出现在王宫门口。

"母亲，母亲，我在这儿！这个人是个骗子。他是个裁缝，根本不是王子。"海梅季大声喊道。

王后奔到海梅季的面前，仔细端详着他。

"对，这才是我的儿子，我的海梅季！"王后想要拥抱王子。

苏丹以为王后中邪了，命令侍卫拦住了她。

"王后，你这是怎么啦，这个人是个骗子！"苏丹对王后说。

"不，他的眼睛像我，身材像您，我每天都会梦见这张面孔。苏丹，这个确实是我们的儿子！"王后激动地说道。

"别说了，我知道怎么处理。"苏丹命令侍卫将海梅季赶出王宫。

王后哭着回到后宫，越想越生气，苏丹怎么连自己的儿子都不认识了。想着儿子期盼的眼神和他发自内心的呼喊声，王后不由得失声痛哭起来。

王后将女仆们叫到身边。

"我和我的丈夫从来没有争吵过，可现在他却不相信我的话。我该怎么办？快帮我出出主意。"王后对女仆们说。

女仆中有一个叫塔玛莎的姑娘，平时经常给王后出主意。

"王后，您听见被赶出去的那个人的话了吗？他说假冒

的王子是个裁缝。这就好办了，您让他们每人缝一件新衣服，作为送给苏丹的礼物。如果假冒的王子缝出了衣服，就证明他确实是个裁缝。那时候，苏丹就会相信您了。"塔玛莎提出建议。

王后听了非常高兴，急忙去找苏丹。

"昨天我和您争吵是因为您认错了我们的儿子。"王后语气和缓地说道。

"不，这个骑着宝马、佩着宝剑、在规定的时间内赶来的小伙子才是我们的儿子。你想一想，我们的儿子怎么会骑着一匹那样的老马呢？乌梅依苏丹一定会挑选一匹最好的马让他骑。你不要被那个疯子骗了。"苏丹坚持自己的想法。

"我的丈夫！你说得很有道理，可是我心里就是不舒服，总觉得我们的儿子在受着苦难！每逢夜里我就睡不踏实，经常梦见我们儿子小时候的模样，哇哇大哭！请您给我一个机会，让我去鉴别谁才是我们真正的儿子。"王后继续说道。

"你说吧，怎么鉴别?"国王冷下脸来。

"让他们每人给您缝一件衣服作礼物，会缝衣服的一定是个裁缝，证明他不是我们的儿子。"王后说出鉴别真假王子的办法。

苏丹同意了，派侍卫去找海梅季。

侍卫们在一个小旅店找到了海梅季。

"侍卫突然来找我，是不是苏丹要杀了我?"海梅季很害怕。

"这两天看见王后了吗?"海梅季问侍卫。

"王后刚刚从议事厅出来。"侍卫们回答说。

海梅季明白，母亲这是在想办法救他，于是放心了，跟着侍卫进了王宫。

苏丹将海梅季安排在一个房间里，不让他随便走动。

"儿子，在举行典礼之前，为了你的安全，千万不要在王宫里随便走动。"国王对费吉林尼说。

其实，费吉林尼很喜欢这种每天被人侍候的感觉，于是每天山珍海味，酒足饭饱。可是他从不喝醉，因为怕酒后吐真言。

苏丹和王后安排着鉴别王子的事宜。

国王派人买来裁缝工具和一些上好的布料，分别送到海梅季和费吉林尼的房间里。

"这是王宫里上等的布料。苏丹希望你能为他缝一件衣服，作为儿子敬献父亲的礼物。"仆人分别对真假王子说。

这么好的布料，费吉林尼还是第一次见到。听说要缝制衣服，他高兴极了，这对他来说可是小事一桩。

而海梅季却发愁了，他可是从来没有缝制过衣服。

过了几天，苏丹和王后去查看。他们先走进费吉林尼的房间，看见墙上挂着一件做好的衣服。

"做工精致，样式新颖，这种手艺在巴格达城屈指可数。"苏丹夸奖道。

费吉林尼只顾着得意，根本没料到这是在试探他。

接着，他们又去了海梅季的房间，发现布料依然完好

16

无损地放在那里。

"给了你布料缝衣服，为什么不缝啊？"王后问道。

"我不会缝衣服，没人教过我，乌梅依苏丹只教给我如何做一个王子。"海梅季回答说。

"我的丈夫，王子根本就不可能会缝衣服，这回你总该相信了吧！这才是我们真正的儿子。"王后激动地说。

海梅季讲起乌梅依苏丹对自己无微不至的照顾，讲了

他病逝的消息。苏丹得知朋友的死讯，心里非常难过。

苏丹跑到父亲的陵墓前，要和他的灵魂对话。

"父亲，显显灵吧，你的儿子现在遇到了难题。你的孙子回来了，但是我难辨真假，我的朋友乌梅依苏丹已经死了，无法告诉我谁是真王子。希望您能告诉我谁才是真正的王子。"苏丹闭上眼睛祈祷着。

当他睁开眼睛时，两个镶嵌着珍珠的箱子出现在他面前。

苏丹走上前，看见一个箱子上写着"财富和幸福"，另一个箱子上写着"荣誉和权力"。

"把这两个箱子带回家，让他们各挑一个箱子，你就会知道谁才是你真正的儿子。"一个声音说道。

苏丹想，一定是父亲显灵了，心情大悦，命令侍卫们将箱子抬回宫里。

第二天，苏丹在议事厅开会，要求真假王子出席，先让费吉林尼进来，让海梅季在耳房里等候。

侍从抬出两个箱子，放在议事厅的地上。

"儿子，父亲想送你一个箱子作为礼物，挑一个吧！"苏丹对费吉林尼说。

费吉林尼以为这是苏丹对他缝制衣服的奖励，便高兴地走到箱子跟前。

费吉林尼看了一眼两个箱子上面的字，挑了上面写着"财富和幸福"的箱子。

苏丹让侍卫带费吉林尼去另一个耳房休息。

海梅季被带到苏丹面前。

"我不知道你究竟是谁，但我还是要送你一个箱子作为礼物，你挑一个吧。"苏丹对海梅季说。

海梅季看了一眼箱子上的字，选了那个写着"荣誉和权力"的箱子。

随后，苏丹又命令把费吉林尼和海梅季都叫过来，让他们打开自己挑选的箱子。

看见海梅季的一瞬间，费吉林尼有些慌乱了，但很快就平静下来。他打开箱子，所有的人都惊呆了，里面全是些缝纫工具。

人们又把目光投向海梅季。

海梅季打开箱子，里面放着一顶王冠。

苏丹非常激动，庄重地拿起王冠，戴在海梅季的头上。

王后走上前，抱住自己的儿子。

"我的儿子，我的儿子!"王后激动地喊道。

王宫上下一片欢腾，高呼苏丹万岁，王子万岁。

苏丹大宴三天，庆祝王子归来。

费吉林尼被识破了身份，羞愧地低下头。

苏丹将他赶出王国。费吉林尼骑着那匹老马，带着装满缝纫工具的箱子，落魄地回家了。

人们对他指手画脚，发出嘲笑之声。

师傅不愿意再把他留在店里，将他赶走了。

费吉林尼只好卖掉箱子，开了家裁缝店。

从此，费吉林尼做事儿勤勤恳恳，不再幻想。很快，他的裁缝手艺便闻名全城。现在人们遇见他，已经不再嘲笑他了，而是客气地跟他打招呼。

海魔和渔家女

很久以前，海边住着一个十七八岁的小伙子。小伙子身材适中，长相英俊，心地善良，虽然年纪轻轻，却是个经验丰富的渔夫。

他每天靠打鱼为生，早出晚归，非常勤劳。由于每天回来得太晚，小伙子打上来的那些鱼只能在夜市卖。

夜市里都是本地人，大家把价格压得很低，他只能勉强度日。后来，小伙子想到了一个好主意，就是半夜起来到海边下网，第二天早晨起网，这样一整天都有时间卖鱼，而且每天过往的人很多，买卖肯定兴隆。

实践证明，这样的做法是正确的，他每天都能卖出很多鱼，别提多高兴了！

小伙子把每天打来的鱼全部卖掉，只留下一条自己吃。在不到两年的时间里，他赚了许多钱。小伙子的日子越过越好，想在海边盖座房子。就这样，他开始边打鱼边备料。

一年后，漂漂亮亮的房子盖好了。小伙子把窗子留得大大的，院子也很大，周围宽敞极了。盖房子没花多少钱，他把剩下的钱藏在墙边的柜子里。但是小伙子始终不放心，整天琢磨着把钱藏到更安全的地方。

终于，小伙子想到一个方法，在房子旁边挖了三口井，把钱分别藏到井里。

就在这一年，村子里的一户人家找人来给小伙子提亲。这个姑娘家里很穷，但是亲属很多。

自打记事起，小伙子就知道自己是一个被老爷爷捡来的孩子。在他十四岁时，老爷爷过世了，只教会了他打鱼的本领。

他很渴望自己有很多亲人，一听姑娘亲属多，立刻就答应下来。

第二天，小伙子将打到的鱼都拿到姑娘家里去了，炖了满满一锅鱼。

姑娘的父亲把姑娘领了出来，介绍给小伙子认识。小伙子一见到姑娘就被她深深地吸引了。

姑娘长得很美，长着一双大大的眼睛，睫毛很长。

当天小伙子就和媒人，还有姑娘的父母订下了婚约，并许诺一个月后娶姑娘回家。

小伙子在回家的路上，高兴地唱了一路的歌。

他连续打了一个月的鱼，挣的钱都送到了姑娘家，想让他们给姑娘买几件像样的衣服当作嫁衣。可是姑娘只买了一件衣服，余下的钱给父母买了一小块儿地，解决了家里的困境。

一个月后，他们结婚了。婚后，妻子勤快能干，总是把屋子收拾得干干净净。

小伙子每天打鱼归来，妻子都笑盈盈地迎接他，给他做好饭菜，和他一起吃饭，生活非常幸福。没过几年，妻子给他生了三个女儿，个个都漂亮得像天仙一样。渔夫还像以前一样以打鱼为生，但却变得越来越自私。

如果他只打到一条鱼，就自己吃；如果打到两条鱼，就和妻子吃；如果打到三条鱼，才和全家人一起吃；如果有更多的鱼，就把它们卖掉，再把钱藏到井里。

终于有一天，渔夫的三口井全部装满了钱。有一次，他出去打鱼，什么也没有打到，只得空手回家。

家里的饭菜很不合他的胃口，因为他已经习惯了有鱼有肉的日子。实在没办法，渔夫吃完午饭又去了海边，可还是没有打到鱼。

他感觉很累，心想怎么就没有鱼了呢？傍晚，渔夫又来到海边，但还是一无所获，此后连续几天都是这样。

"是不是年纪大了，腿脚不灵，打不到鱼了呢？"妻子关切地问。

"可我才四十岁呀。"渔夫不相信妻子说的话。

时间飞逝，女儿们都长大了。

因为渔夫打不到鱼，所以就做起了小买卖。

可是这几天，他越来越想吃自己打上来的鱼。渔夫来到原来打鱼的地方，心想哪怕能打到一条鱼也好。

他把网撒下去，没有打到鱼。渔夫不服气，把网上的海草摘干净后，又把网撒了下去。过了很久，当他把网拖上来的时候，感觉网特别重。渔夫很高兴，小心翼翼地拉着网。当网已经拉上来一半的时候，他看见网里有一条大鱼。

渔夫使劲儿地拉着网，拉着拉着，突然听到有人说话。他仔细一听，原来是这条鱼会说话。听见鱼说话，渔夫吓了一跳。他打算把网扔下跑掉，但由于害怕，没敢这样做。

"每次你到这里来打鱼，要多少我就给你多少。但是今

天你错了，你想捞鱼，可捞到了我，我是这个海里的国王。你有三口装满了钱的井，有个好妻子，有三个女儿，还有什么不满足的？你现在这样贪婪，难道忘了以前的苦日子了吗？既然你这样贪婪，不管你愿不愿意，今天都得死！"海魔对渔夫说。

听到这些话，渔夫吓得浑身发抖，两眼一黑一下子就跌倒在沙滩上，失去了知觉。也不知过了多久，他慢慢苏醒过来。

"如果你不想死，就把你的一个女儿嫁给我做妻子。你回去和家人商量一下，明天早晨到这里来答复我。"海魔说道。

此时，渔夫恢复了一点儿力气，赶紧跌跌撞撞地往家走。一路上，他悲伤地哭泣着，一直哭到家门口，连开大门的力气都没有了，一下子跌倒在了门外。

渔夫的妻子听到门响，立刻跑到门外，一看是渔夫回来了。渔夫满脸泪水，好像一点儿力气都没有了。妻子连忙把他扶到屋子里躺下。

"你怎么了，为什么哭？"看到丈夫稍微好些，她着急地问。

"我在海边打上来一条大鱼，它是海里的国王，说要娶我们的女儿为妻。如果我们不同意，我就得死了。"渔夫把发生的一切告诉了妻子。

渔夫刚说完，两个人便一起伤心地哭起来。

"三个女儿是咱们的命根子，就这样嫁给海魔，我怎么舍得呀！"妻子哭得更伤心了。

"可又能怎么办呢？要不然我还是死了算了！"渔夫很绝望。

"你不能死呀，还是把女儿找来问问吧！"渔夫的妻子无可奈何。

两个人哭够之后，叫来大女儿。

"大女儿，你愿意嫁给海魔来挽救父亲的生命吗？"妻子把发生的一切都一五一十地告诉了大女儿。

"母亲，不行，我害怕，我不要嫁给海魔！父亲，请你原谅我吧！"大女儿吓得浑身颤抖。

大女儿拒绝了。三个人抱头痛哭。母亲又把二女儿叫来，讲述了事情的经过。

"你愿意嫁给海魔来挽救父亲的生命吗？"母亲问二女儿。

"父亲，我不愿意嫁给海魔，请饶恕我吧！"二女儿听到这里，早就吓得脸色苍白，哭着对父亲说。

于是他们四个人又一起哭了起来。

最后夫妻二人叫来了小女儿，同样把在海边发生的一切告诉了她。

"你愿意嫁给海魔挽救你父亲的生命吗？"母亲有点儿绝望了，不抱希望地问小女儿。

"我愿意，母亲！我准备嫁给海魔，好让父亲留在我们身边。如果我不这样做，父亲就会被杀死，我们就会成为孤儿，母亲就会变成寡妇，我们的财产也会随着父亲的死而一起消失。"小女儿懂事地说。

"你不害怕吗？"父亲很心疼地说。

"父亲，只要你好好地活着，我就不害怕。"小女儿拉起父亲的手。

"天一亮，我就到海边老地方去，把你的想法告诉海魔。"父亲听了小女儿的话很高兴。

清早，渔夫来到海边，还没来得及把小女儿同意的事告诉海魔，就听到了海魔在说话。

"你们家发生的一切我都知道了。现在你拿上这枚戒指，交给同意嫁给我的那位女儿。下一个星期日之前，你们把结婚的准备工作做好，到时我会来的。"说完，海魔就消失不见了。

渔夫回到家，拿出了海魔送的戒指，告诉妻子说这是海魔给的，让她把戒指交给小女儿。

"我真是没脸见小女儿呀，都是因为我怕死，才逼着我的小女儿嫁给海魔。唉！"渔夫长长地叹了一口气，便进屋躺下了。

渔夫的妻子把戒指给了小女儿。小女儿成了海魔的未婚妻。

没过几天时间，渔夫和他的妻子就瘦了整整一圈，小女儿却好像什么事都没发生一样。

但父母知道，她的心里一定是害怕极了。星期日早晨，渔夫来到海边迎接他的新女婿。

他想问问海魔，自己以后是不是还能和小女儿见面；能不能让小女儿回来过节；如果想小女儿了，怎样和海魔联系等问题。

过了一会儿，渔夫看见了海魔，便询问起来。

"如果你家有事，我会让你的女儿回去，平常和节日就算了吧。"海魔轻描淡写地说。

此时，渔夫知道了，以后很难见到自己的小女儿了。

"你先回家，把一切都准备好，带着你的小女儿到法官那里，我们要有法官的证婚，然后大家都到举行婚礼的地方去，我过一会儿就来。"说完，海魔交给渔夫一大包新娘的衣服。

人家嫁女儿都是高兴事，渔夫却很悲伤。因为他最心疼的小女儿要嫁给海魔了，嫁给了一个怪物。

"小女儿会不会一不小心就被海魔给吃了？要是那样，还不如让我去死。"渔夫越想越伤心。

"我不会吃她的，你放心好了，她会是最幸福的新娘。"海魔听到了渔夫的心声，说道。

渔夫吓得不得了，没想到自己心里想的问题，海魔都能知道。

他急忙回到家里，打开包裹，把衣服交给替新娘穿衣的妇女们，然后招呼妻子和小女儿一起到法官那里去。

当他们赶来时，海魔早已在法官那里等候他的新娘了。屋子里还站着一些人，但是除了法官、小女儿和她的父母，谁也看不见新郎。

渔夫的妻子终于看见了海魔。

海魔头上长着人的眼睛，只用鱼尾立在地上，那模样看着就让人觉得可怕，更别说在一起生活了。

妻子看看小女儿，小女儿并没有抬头看新郎，只是在面纱里望着法官。

"海国王，你愿意娶渔夫的小女儿为妻吗？"法官问。

"我愿意！"海魔声音洪亮。

"你会给新娘幸福吗？"法官又问。

"我会让她成为世上最幸福的新娘。"海魔一脸甜蜜。

"你愿意做海国王的妻子吗?"法官问小女儿。

"我愿意。"小女儿声音很小。

"你会永远陪伴他吗?"法官又问。

"会的。"小女儿的声音还是很小。

法官给他们证婚之后,所有人都回到渔夫的家里,举行婚礼庆祝活动。

婚礼非常热闹,小孩子们叫喊着、欢笑着、奔跑着,大人们敲锣打鼓,载歌载舞,一片欢声笑语。

他们谁也看不见新郎。新郎默默地坐在新娘旁边,看着庆贺的人群。

"新郎来了吗? 快带着你的新娘跳舞啊!"很多人在喊。

可是,新郎并没有起来跳舞,所以人们觉得新郎没有到场。渔夫、妻子还有小女儿谁也没有多说什么,只是偷偷地看了海魔一眼。傍晚,海魔要把新娘带走。渔夫答应了他。

海魔带着妻子来到海上，拉着她的手，一起走进水里。汹涌澎湃的海浪瞬间就平息了，像柔软的绸缎一样平滑。

"我的夫人，请你闭上眼睛，一会儿我带你去个地方。"海魔温柔地对妻子说。

妻子闭上眼睛，感觉海水在身上缠绕。待海魔让她睁开眼睛时，他们已经来到一座小岛上。

"夫人，如果你希望得到什么，你就说吧；如果没有，那我就到海里去玩一会儿。如果你想要什么，就用这根棍搅一下海水，我的仆人会立刻跑到你面前，实现你的一切愿望。"海魔对妻子说。

"我的丈夫，我现在没有什么愿望，只是很饿。"妻子对海魔说。

听到这儿，海魔摸了一下妻子的脖子。妻子马上奇怪地睡着了，并且睡得很沉。

见妻子睡着了，海魔用魔法将一些很香的肉塞进她的胃里。

"怎么样，夫人，你还觉得饿吗？"之后，他把妻子叫醒。

"不，我已经很饱了。"妻子回答说。

"我的夫人，我会好好待你的。"海魔怜爱地望着妻子。

海魔还真是说到做到。这天，他出门回来时，给妻子带来一串用夜明珠串起的项链。

这串项链很漂亮，特别是在夜里，可以把黑暗的屋子照得和白昼一样。妻子看着这晶莹剔透的夜明珠，颗颗都闪着耀眼的光芒，很是喜欢。

"你会离开我吗？"海魔看妻子非常高兴，开口问道。

"我没有想过要离开你，我的丈夫！"妻子的回答很坚定。

"是这样的，从现在起你不能哭，眼泪将会使我们永久分离。如果你不破坏我的禁令，我们就会永远在一起。"海魔想了想说。

妻子点了点头。就这样，他们过上了平淡的日子。妻子也从来没掉过一滴眼泪。

在海里过了多少日子，海魔的妻子也不知道。

"夫人，你父亲病得很厉害，但是我不能让你回到他身边，因为你去了会破坏我的禁令。"有一天，海魔对妻子说。

妻子向海魔保证，不会掉一滴眼泪。但海魔没有同

意，怕妻子掉下的眼泪会让他们夫妻分离。又过了几天，他来到妻子面前。

"你的父亲死了，我想让你回去看看，你真的不会流泪吗？"海魔还是有点儿不放心。

"我的丈夫，你放心吧，我不会流泪的。"妻子回答。

就这样，海魔带着丧葬用品，拉着妻子的手，同她浮到一个地方，那里有条路通向她父母家里。他们就在那里告别，海魔又再三提醒妻子不要忘了禁令。

当小女儿回到父母家里时，人们正在给父亲准备葬礼。

"多么漂亮啊！特别是她一说话，还散发着一种独特的芬芳！"亲戚们一看到海魔的妻子，都为她异常美丽的容貌惊呆了。

女亲属们来到她的身边，一会儿摸摸她的脸，一会儿又摸摸她的手。

尤其是姨娘的女儿，特别羡慕她，一个劲儿地夸赞她。为父亲举行完隆重的葬礼，小女儿把带来的食物摆到桌子上，让大家吃，而自己就那样看着，一口东西都不吃，因为她已经不再知道饥饿是什么感觉了。大家对小女儿这一举动感到十分惊讶。

把父亲安葬好后，小女儿在家陪母亲过了一周。在这一周，家里的亲属不断，有的是来看小女儿的，有的是来蹭饭菜的。

小女儿给每一个到场的人都分发了礼物。大家非常高兴，一遍遍地祝福她。

在家的日子总是过得很快，小女儿要走了。妈妈流下了眼泪，舍不得让小女儿走。

"我会再回来看您的！"小女儿笑着说。

临走时，她给母亲和姐姐们留下许多钱财作为礼物，然后同她们告别，向海边走去。小女儿走到海边，用棍子搅了下海水。刚搅完，便从水里跳出几个仆人，把她背回海魔身边。

时间过得很快。一天，海魔又告诉妻子，她的母亲死了。这一次，海魔派两个仆人跟妻子一起回家。

看到母亲已经死了，小女儿特别难过，但尽量忍住不哭。在墓地，姐姐和亲属们号啕大哭。

"孩子，心里难受就哭出来吧！哭出来就好了，要不然会憋坏的。"姨娘对小女儿说。

小女儿最爱她的母亲了，何尝不想痛痛快快地大哭一场啊！可是她必须忍住，不能流一滴眼泪，只有这样才不会和丈夫分开。

"多么善良的人啊，就这样走了！她的一生是多么短暂而美丽啊！"大家都在说着她母亲的好处。

不管怎样，小女儿就是忍着不哭，因为她要回到丈夫身边。

"你是个忘恩负义的人。父亲死了你不哭，现在母亲死了你也不伤心，枉费你的母亲对你那么好，你却一点儿人情味都没有！你谁都不牵挂，只是自私地为自己着想，世上怎么还有这样的人啊！"葬礼之后，亲戚们拦住小女儿。

听了这些话，小女儿哭了起来。

"我是被冤枉的，我不是自私的人，当初是我救了父亲。你们知道我有多想他们吗？可是我不能流泪啊！"她哭得很伤心。

最不想发生的事情还是发生了。当第一滴泪水从小女儿眼睛里流下来的一瞬间，她华丽的衣服消失了，珍贵的首饰也没有了，连仆人也消失了，并且感觉肚子饿得厉害。

谁也不知道，她已经四年没有吃东西了。此刻，小女儿号啕痛哭，亲戚们都以为她是为死去的母亲痛苦，便一直安慰她。实际上，她哭也是因为太饿了。

小女儿找到姐姐，请她们给做点吃的。但是，姐姐们拒绝了她的要求。

"这些食物和钱是父亲储存的，你这么忘恩负义，是什么也得不到的。"姐姐们把三口井里的钱分了，而妹妹什么也没得到。

小女儿又来到海边，但无论怎样哭，怎样用棍子搅水，一切都是徒劳。最后她想跳进海里死了算了，以摆脱一切烦恼。

"你在海里是死不了的，因为你是海的王后。"正当小女儿想要了结自己的时候，忽然听到海魔的声音。

"请听从我的第一号命令！你到昏暗茂密的树林里去，找一棵枝叶浓郁的大树，努力爬到树顶，藏起来。有个王子打完猎会来到树下休息，你就使劲儿哭，让眼泪掉到他身上。这些眼泪使我们分离，但也可以使你幸福地找到另一个丈夫。"海魔很伤心。

于是，小女儿听从了他的命令。她来到一个昏暗茂密的树林，在那里找到一棵大树，爬到树顶藏起来。

果然，小女儿看见一位王子同他的士兵打完猎以后，来到这棵树下休息。

当他们躺下休息的时候，小女儿开始悄悄地哭泣。她的眼泪滴在了王子的身上。

王子正在休息，忽然感觉有水滴到脸上。他很奇怪，随后抬头看见树上有个人正在哭。

于是，王子命令一个士兵爬上树去看看是不是真的有人。士兵还没等爬到树顶，便下来告诉王子，说那里有个美丽的女人。

"你是人还是鬼？"王子冲树上大喊。

"我和你一样是人。"小女儿回答。

"如果你是人，就从树上下来，讲讲你是怎么到那里去的。"王子继续喊。

小女儿从树上下来，王子对她一见钟情，立即表示愿意娶她。小女儿同意了，打算和王子一起回王宫。

快要进城了，王子派仆人回去告诉他的父亲，他决定结婚了，请求把市容装饰一番，好举行婚礼，顺便给他的妻子带些衣服来。

一听到这个消息，国王马上把衣服交给仆人，并下令装饰城市。闻此消息，许多人跑到大街上来欢迎新郎和新娘。

他们进了城，走进王宫。国王问儿子，这个女人是什么人。儿子把一切告诉了他。

"我的儿子，娶一个偶然遇到的女人做妻子，对我们来说不合适。"国王说。

但王子没有听从父亲的话，还是结婚了。

王子和妻子平静和睦地生活着。有一次，趁王子外出，海魔来到小女儿跟前。

"夫人，你现在是王子的妻子。尽管你不愿意看见我，但你知道，这是我帮助你的结果。现在你必须执行我的第二道命令，也是最后一道命令。过几天会下暴雨，电闪雷鸣，可你不要害怕，这是因为我死了，要知道我们都是有生命的动物。这一天你必须到海边来，把我背上，埋到你们卧室的床底下。你不要忘记，一定要来！"海魔再三叮嘱。

小女儿答应了。国王秘密地派三十七个奴仆监视着他

的儿媳妇在做什么，因为国王一直觉得她是恶魔。

海魔死的这一天终于到了。正如他所预言的那样，下着暴雨，电闪雷鸣。

小女儿记起海魔对她讲的话，带上一个名叫乌列季的奴仆，动身到海边去。

他们来到海边，找到了海魔的尸体，把他背回家中的卧室里。

小女儿和奴仆一起把床移开，挖一个大坑，把海魔尸体放进去，又用土盖好，然后把床放回原处。

小女儿给奴仆许多钱，让他保守秘密。但是，国王的三十七个奴仆，却把这一切看在眼里。他们一刻也不敢耽误，很快把这件事报告给了国王。因为他们知道，如果不说实话，就会掉脑袋。

国王听完了他们的报告，一分钟也忍不了了，赶紧把儿子叫来。

"你不听我的话，我的儿子，我曾经和你说过，这个女人不是人，是恶魔。现在听我的话也不晚。暴风雨的时候，你的妻子同奴仆乌列季到海边，背来一具尸体，把他埋在你最里面卧室的床下。当你听到这样的事，是怎么想的，不觉得可怕吗?"国王愤怒地问。

但儿子还是不相信父亲说的话。国王把三十七个奴仆叫过来，给王子讲了事情的经过。

王子的心情变得很沉重，但还是不愿意相信国王和奴仆们的话，满脸忧愁地回到家里。

往常，每当王子散步或者开会回来，妻子总是高兴地迎接他。但是今天她没有像往常那样迎接丈夫，因为她一点儿也不高兴。

但是王子什么也没对她说。有一天，他终于对妻子讲起他父亲说的那些话。

妻子害怕得浑身颤抖，以为是奴仆乌列季出卖了自己，因为只有他知道这件事。

国王通知所有市民都来到王子的房前。国王站在高台上，向人们宣布要将王子的妻子和奴仆乌列季一起处死。

三十七个奴仆证实了他们的罪证。大家都认为，王子的妻子和奴仆乌列季做得太糟糕了，竟然把海魔的尸体埋到了王子的房间里，这是多么过分的一件事情啊！

"你们大家的行为太愚蠢了！你们最好是到我的家里去，搬开卧室里的床，挖开坑，一切就都清楚了。如果那里没有尸体，我就杀死你们！我知道为什么会发生这样的事情，因为父亲不喜欢我娶一个陌生女人，就暗中唆使这些人，要我抛弃这个女人，但是我永远也不会把她丢下。"王子舍不得妻子，不同意国王的决定。

这时，所有人都走进房间，动手挖床底下的坑。但他们刚挖开一个小孔便看到了钱，再往深处挖，有更多的钱露了出来。

就这样一直挖着，他们看到了更多钱和金子，填满了整个坑。他们越挖越多，一直挖不到底，钱和金子哗哗往

外流。

于是王子下令，按已经宣布的那样把证人抓起来杀掉。从这天起，国王停止管理这个国家，王子和他的妻子登上了国王和王后的宝座。

这时候，小女儿的老家发生了严重的饥荒，所有人都跑到了这个国家。

这些人中间就有小女儿的两个姐姐。她们来到这个国家，小女儿认出了她们。但是小女儿并没有以恶报恶，而是很好地招待了她们。

海浪里的孩子

从前，在一个四面环海的小岛上，住着一对夫妻。夫妻俩有一个漂亮的女儿，名叫芭嘉。

芭嘉长着一双迷人的大眼睛，笑起来很甜美。

她是一个非常懂事的孩子，很小的时候就能帮母亲料理家务，帮父亲去田里除草。

芭嘉非常喜欢大海，只要一有空闲，就会来到海边，兴致勃勃地在海滩上玩沙子、抓螃蟹、拾贝壳，并用拾来的贝壳砌成一座座城堡。

芭嘉长大了，变得越发美丽。很多小伙子前来求婚，但都被她拒绝了，因为如果求婚者居住的地方看不见海滩，听不见潮水声，芭嘉就不会嫁。

最后，芭嘉如愿以偿，嫁给了一个住在海边的小伙子。

出嫁后的芭嘉，一有空儿就会在海边散步，对着大海放声歌唱。她的歌声很美，只要一听到她的歌声，鱼儿就会游过来，海水也会溅起一朵朵浪花，欢笑着向芭嘉涌来。就连海鸥，也会扇动着翅膀在头上徘徊。

芭嘉的婆婆对此很不满意，觉得她应该乖乖待在家里编席子，好好照顾丈夫和家庭，不能总往海边跑。

婚后不久，芭嘉生下一个女儿，取名叫恩桐碧。

芭嘉喜欢带着女儿到海边看大海、吹海风。

"每天要做的事情很多，可女儿怎么办呢，要是能雇个人照顾她就好了。"芭嘉经常这样想。

可她居住的地方，彼此间相距很远，想找一个能照顾孩子的人很难，怎么办呢？

最初，芭嘉背着女儿去田里干活儿。

可女儿越来越大，还十分顽皮，芭嘉就很难再带她去田里了。

芭嘉想到了婆婆。婆婆非常能干，身体也很好，将自己的那块地侍弄得很好，说什么也不同意在家看孩子。

"还是让她自己一边种地一边照顾孩子吧。"婆婆暗想。

得不到婆婆的帮助，这可难住了芭嘉。她既不能背着女儿去干活儿，又不能把女儿自己放在家里到处乱爬，那样会很危险的。

一天清晨，芭嘉带着女儿沿着海岸去田里干活儿。

芭嘉边走边想，到底该怎么办呢？她转过头望着大海。

"如果大海能在我干活儿的时候，帮我照看一下孩子该有多好啊！可不可以让海浪轻轻地摇一摇我的孩子呢？"芭嘉决定试一试。

芭嘉把女儿放到水边，往后退了几步，然后用她那百灵鸟般的歌喉唱道：

"啊，海浪和风，

海浪和风，

把女儿交给你们照看吧！"

海浪听到芭嘉的歌声，温柔地在恩桐碧周围翻滚，将她轻轻地托起来，就像母亲对待自己的孩子一样，爱抚地将她推向远方。

坐在海浪上的恩桐碧，笑吟吟地向母亲招手。

芭嘉迈着愉快的脚步，向田里走去。

太阳就要落山了，在夕阳的映衬下，海滩显得格外迷人。

芭嘉快步来到海边。正在退朝的海水离岸已经很远了，芭嘉踏着湿漉漉的细沙，边走边唱：

"啊，海浪和风，

海浪和风，

把女儿还给我吧!"

这时,一片海浪滚滚而来,托着恩桐碧来到母亲跟前。

满心欢喜的芭嘉抱起女儿使劲儿地亲吻,很想知道她一天的情况。

"你要是能说话该多好啊!"芭嘉对女儿说。

芭嘉背上女儿回家。她非常开心,因为大海这位真诚善良的朋友帮了她大忙。

从此,大海便成了芭嘉的好帮手,每天都精心地替她照看女儿。

一天,婆婆来到芭嘉的地里,看见地里一根杂草也没有,庄稼长势良好,十分好奇。

"她整天照看女儿,怎么庄稼还长得这么好?"婆婆想。

关于海浪帮忙照看女儿的事儿,芭嘉只字未提,因为要是让丈夫知道了,准会发脾气的。

大海帮助了芭嘉，可她却连句感谢的话都没有。她的沉默酿成了日后的一场大祸。

几天后，婆婆想修理一下房盖，打发芭嘉去割草。芭嘉又想把恩桐碧托付给海浪照看。

她径直来到海边，又唱起了歌。海浪听到熟悉的歌声，比往常蹿得更高，仿佛急着要把孩子抱走。

芭嘉割完草回到海边时，天色已晚。她想，该把女儿接回来了。

芭嘉来到海边，对着海浪唱起歌来。

她唱完最后一句，可是海面却异常平静，没有像往常一样涌起大浪，把女儿送回到她的脚边。

茫茫的大海预示着一种不祥。她沿着海岸不停地奔跑，一遍又一遍地唱着歌，大声呼喊着女儿的名字，可是听到的只有海浪扑向岸边的撞击声。

夜幕降临了，海岸死一般的沉寂。只有海浪翻上滚下。芭嘉知道，大海再也不会把女儿还给她了。

芭嘉拖着疲惫的脚步，摇摇晃晃地回到家。如果丈夫知道孩子丢了，一定会大发雷霆的，芭嘉的心里充满了恐惧。

"一定是大海在和我开玩笑，明天就会把女儿还给我的。"芭嘉安慰着自己。

芭嘉找来一个长长的香瓜，用被子包好，放在席子上。

"让丈夫以为女儿在睡觉。"芭嘉只好出此下策。

第二天一大早，芭嘉就从梦中惊醒，看见怀里的香瓜，立刻跑出小屋，拼命向海边奔去。

她声嘶力竭地唱着歌，一遍遍地呼喊。可是整整一天，海浪也没有把孩子还给她。

芭嘉痛苦不堪，像得了一场重病，用微弱的声音，把事情原原本本地告诉了家人。恩桐碧的失踪，让一家人悲痛万分。

恩桐碧究竟去哪儿了呢？原来，海浪把她送到了另一

60

片海滩。

恩桐碧在软软的沙滩上躺了一会儿，然后站起来，沿着海岸边走边玩儿。

她想回到水里，可是海浪好像在故意和她开玩笑，每当走到水边，海浪就把她推回海岸。尝试了几次，她无奈地坐在岸边号啕大哭起来。

这时，恰巧有一个老太婆在岸边拾柴火，她拄着拐杖，一瘸一拐。

原来，这里有一个食人部落，老太婆名叫隆露卡齐，是个食人怪。

见到恩桐碧，老太婆惊讶不已，一眼就认出这是一个来自其他部落的孩子。老太婆丢下了柴火，来到恩桐碧跟前。

看见老太婆，恩桐碧并没有害怕，还停止了哭啼，向她伸出一双小手。

老太婆本想把恩桐碧当成一份意外的美餐，可是却把她抱了起来。恩桐碧用小脑袋紧贴在老太婆瘦弱的肩膀上，笑出了声。她以为这是自己的老祖母，只是今天有点儿变了模样。

老太婆背起恩桐碧，准备带回家抚养。

她一路都在琢磨，怎样才能保证恩桐碧不被其他食人怪吃掉。

所幸老太婆身怀绝技，在部落里掌管呼风唤雨的工作。

靠天吃饭的食人怪也和普通人一样，每日在大田里劳作，盼望获得丰收，因此非常惧怕隆露卡齐，想尽办法讨她欢心。

老太婆准备毫不隐瞒地将收养恩桐碧的事情告诉部落里的居民们。

傍晚，出去干活儿的食人怪都回来了，立刻被一股新鲜的人味吸引，乱叫着向恩桐碧扑来。

"你们要想庄稼丰收，就别去碰她。她是我找来帮着煎药的。"老太婆对扑上来的食人怪说。

一个发狂的食人怪将老太婆推到一边，张着血盆大口扑向恩桐碧。

突然，一阵狂风刮来，食人怪们全部被刮倒在地。原来是老太婆施起了魔法，食人怪们只好跪地求饶，发誓不再碰恩桐碧。

"就让这个恶婆子先把她养大，以后再吃也不晚。"食人怪们虚张声势地说道。

很多年过去，恩桐碧在老太婆的精心照料下长大了。她知道自己是被海浪送到这里的，自己的故乡在十分遥远的地方。

恩桐碧经常来到海边，祈求海浪把她送回到父母身边去，可是海浪却不理她。

心地善良的恩桐碧非常感激她的救命恩人，但却看不惯食人怪们的恶俗。

老太婆暗地教恩桐碧学习魔法，掌握呼风唤雨的本领，希望她能早日回到父母身边。

随着时间的推移，老太婆一天天衰老下去，而恩桐碧却越发丰润漂亮了。

"不用等太久了！"食人怪们窃窃私语，寻找着动手的机会。

老太婆病魔缠身，已经爬不起来了。

"她活不了几天了，哈哈哈！"食人怪们狞笑着，相互使着眼色。

这天早晨，被疼痛折磨得痛苦不堪的老太婆突然醒来。

"今天部落里的人都干什么去了？"老太婆问。

"男人在磨一把大刀，女人在树林里拾柴火。"恩桐碧回答说。

"恩桐碧，你过来，别让他们听到……"老太婆低声说道。

屋外传来一片嘈杂声，恩桐碧探头一看，食人怪们正架起树枝，点燃篝火，一个食人怪将一个旧瓦罐摔到地上，拾起一块瓦片放到篝火上烧。

"过来，坐到瓦片上去，我们要把你烤熟，做成一顿丰盛的晚宴！"一个食人怪对恩桐碧恶狠狠地说。

恩桐碧虽然吓得瑟瑟发抖，但还是走了过去。

"我冻僵了，请让我先暖暖手吧！"恩桐碧请求道。

食人怪同意了她的请求。恩桐碧跪在篝火旁，趁食人怪不备，对着篝火吹了一口气，口里念念有词。

几颗泪珠从恩桐碧的眼睛里滚落下来，掉到篝火里。突然，刮起一阵大风，将篝火吹灭，顷刻间天昏地暗，房屋东倒西歪，地面上一片狼藉。食人怪们吓得跪在地上，连连磕头求饶。

恩桐碧擦去泪水，跑回老太婆家，紧紧关上门。

"上帝召唤我了，我再不能保护你了。要想活命，就赶快离开此地，明天他们还会这样做的。"老太婆爱怜地说道。

第二天清晨，趁食人怪去拾柴火的工夫，老太婆再次将恩桐碧叫到身边。

"孩子，拿着这只羚羊角，无论走到哪儿，它都会给你力量和帮助。"老太婆已经奄奄一息了。

听到这些，恩桐碧立刻明白了，可是她无论如何也割舍不下老太婆。老太婆给了她太多的母爱，今天就要分手了，恩桐碧痛哭起来。

"如果你想看着我悲伤地死去，你就留下，然后让他们今晚就把你扔到火堆里。"老太婆对恩桐碧说。

千言万语也报答不了老太婆的养育之恩，恩桐碧吻了一下老太婆，然后将羚羊角紧紧握在手里，溜出小屋。

有羚羊角引路，恩桐碧飞得很快。羚羊角赋予了她力量，保护她避开各种危险。

海鸥试图接近恩桐碧，可是一会儿工夫就被甩得很远。大风将海浪中的气泡卷到空中，而恩桐碧比它更轻盈。

就这样，恩桐碧在蓝天白云的陪伴下，在浩瀚的大海上飞呀飞，仿佛看见了故乡在向她招手。

自从恩桐碧丢失以后，芭嘉又生了几个孩子。这几个孩子，男孩子英俊潇洒，女孩子貌美如花。孩子们给芭嘉带来了很多快乐，可是她总觉得缺了点儿什么。每当夜深人静，她就会想起被海浪带走的恩桐碧。

芭嘉经常一个人坐在海边，望着海浪发呆。可怜的她，自从失去恩桐碧，已经不再像从前那样喜欢大海了，可是她仍然希望有一天恩桐碧能够回来。

等啊等，一天又一天，一年又一年，芭嘉的头发已经花白了，可是连女儿的影子都没有看见。

有时，芭嘉恍惚觉得，恩桐碧就在附近。

一天傍晚，思念着女儿的芭嘉又一次来到海边徘徊。海岸延伸到远方，没有尽头。芭嘉有点儿累了，眼睛也望花了。

"还是回去吧，也许她游累了，在某个地方休息，明天就会被海浪送回来。"芭嘉安慰自己。

就在芭嘉起身准备回去时，遥远的天边，有一个东西正在快速地向她接近。芭嘉使劲儿揉了揉眼睛，希望看得更清楚些。

那是一个活着的东西，既像一只鸟儿，又像一个人。

芭嘉定了定神，仔细地观察着。

她终于看清了，那是一个美丽的妙龄少女。还没等芭嘉回过神儿来，少女已经来到她面前。

"姑娘，你是谁啊，从哪儿来？"芭嘉忍不住问道。

恩桐碧站起身，递给芭嘉一只羚羊角。

"命中注定我要回到您身边，是这只神奇的羚羊角把我带到您的面前。"恩桐碧回答说。

听了恩桐碧的话，芭嘉更惊讶了，这个美若天仙的姑娘到底是谁呢？

芭嘉轻轻晃动着身体，哽咽了。

"你……你到底是谁？"芭嘉用沙哑的声音问道。

同时，她也在心里暗暗猜测，会不会是我日思夜想的恩桐碧呢？如果她还活着，年龄应该和这个姑娘差不多大小。可是，我可怜的女儿已经失踪多年，难道她还活着吗？

芭嘉努力控制着自己的感情，轻轻抚摸了一下恩桐碧的脸。

"孩子，我的孩子，快告诉我你到底从哪儿来？"芭嘉急切地问道。

听了芭嘉的话，恩桐碧再也不能自已，眼泪像断了线的珠子，滚落下来。

恩桐碧一边哭，一边把自己怎样被海浪卷走，怎样被老太婆收养，怎样没被食人怪吃掉，怎样回到故乡，一五一十地讲给芭嘉听。

芭嘉这才弄清楚恩桐碧失踪的秘密。

"原来是这样。可怜的孩子，快让我抱抱你！"悲喜交加的芭嘉对女儿说。

听了母亲的话，恩桐碧放声大哭，立刻扑进她的怀里。

这些年来，经历过多少磨难，闯过多少难关，孤独无助的恩桐碧是多么渴望躲在母亲的怀抱里啊！

她们就这样紧紧地拥抱着，坐在海滩上，看着大海，看着海鸥在辽阔的海面上自由翱翔。

她们在海滩上坐了很久。

夕阳西下，芭嘉低下头，用温柔的目光打量着女儿。

"我的孩子，天就要黑了，我们回家吧。你的父亲、弟弟、妹妹，还有你的老祖母，正日日夜夜地盼望着你回来！他们见到你一定会非常高兴！"芭嘉轻声说道。

恩桐碧扶母亲站起身。

此刻，晚霞将海面染得一片通红。她们向恩桐碧飞来的方向久久伫立，祈祷老太婆平安！

面对大海，恩桐碧的眼泪又一次流下来，是老太婆给了她第二次生命。虽然逃离了食人怪部落，但她却舍不得那个像母亲一样疼爱她的老太婆。

"我爱你！"恩桐碧把双手放到嘴边，向远方大声喊道。

大海掀起层层巨浪，铺天盖地地向岸边涌来，一朵朵洁白的浪花，在恩桐碧眼前翻上滚下……

母女俩依依不舍地告别大海。

"恩桐碧回来了，恩桐碧回来了，失踪的恩桐碧终于回来了！"芭嘉翻来覆去地念叨着。

当她们回到家，整个部落都沸腾了！看到恩桐碧活生生地站在面前，大家简直不敢相信自己的眼睛。

"这真的是恩桐碧吗？"老祖母抹着眼泪问。

恩桐碧的父亲刚想说点儿什么，马上就哽咽了。

失踪多年的恩桐碧能够平安归来，是芭嘉和家人不曾想到的。

喜出望外的父亲为了迎接女儿的归来，特地宰了一头

牛抛入大海，感谢那个收养了恩桐碧，把她养育成人的老太婆。

全部落的人高兴得像过节一样，穿上华丽的衣服，搬出香甜的美酒，彻夜唱歌跳舞。

就连森林里的动物也被感染了，蹦蹦跳跳地从四面八方赶来……

就这样，恩桐碧和部落里的人们一连庆祝了几天几夜。

芭嘉和她的家人别提多高兴了，也就原谅了大海的无情。

然而，通过这件事儿，也深刻教育了芭嘉和部落里的人们，让他们懂得了无论什么时候，都要懂得感恩。

芭嘉再也不敢将孩子交给海浪照看了。

"不仅我的孩子，我的子子孙孙，再也不会交给海浪照看了！"芭嘉微笑着说。

拉比齐出走记

从前有个鞋匠的小徒弟，名叫拉比齐。拉比齐十二岁了，可个头很矮，整天穿着破烂的衣裳，坐在一个三条腿的矮凳上修鞋。尽管这样，他仍旧很快乐，总是吹着口哨或唱着歌。

拉比齐的师傅叫"老瞪眼"，总是凶巴巴的。据说过去他并不是这样的，是一件不幸的事使他性格突变。不过他的夫人却很善良，很喜欢拉比齐，常把面包藏在围裙下，偷偷地送给他吃。

老瞪眼师傅的夫人给拉比齐做了一条绿色的裤子，让他在星期天穿。可拉比齐并不喜欢，他觉得自己穿上去就像一只青蛙，所以每次穿的时候都会学几声青蛙叫。大家都很喜欢他开朗的性格。

一天，一位顾客为儿子定做了一双皮靴。可靴子做小了，顾客说什么也不要。老瞪眼师傅火冒三丈，抓起皮靴把拉比齐打了一顿，吼道："都是你把事情干坏的，我要把这双皮靴烧了！"

这天夜里，拉比齐怎么也睡不着，心想那双小皮靴烧掉太可惜了，完全可以用脚把它撑大一些。想来想去，他决定出走。

他悄悄爬起来，给师傅留了张纸条，拿出皮袋，装上修鞋工具和绿裤子、红衬衫、锃亮的小皮靴，戴上一顶耀眼的帽子，活像个玩偶兵士。他本来还想去和小狗邦达施告个别，可又怕它的叫声惊醒师傅，只好悄悄地走了。

拉比齐摸黑走了一夜，黎明，他遇见了一位赶着驴车送牛奶的老爷爷。老爷爷身体虚弱，走到一幢小楼前，一不留神跌坐在台阶上。

"老爷爷，我替您把牛奶送进去吧。"拉比齐连忙走过去说。

拉比齐提起牛奶爬上三楼，敲开了一家人的门。

"哦，你是个虎皮鹦鹉，还是只啄木鸟？"一位女佣打开门，看见拉比齐的一身穿戴，不禁大笑起来。

"阿姨，我叫拉比齐，我是给您送牛奶的。那位老爷爷身体不好，为什么您不自己下楼去取呢？"拉比齐问道。

女佣感到很惭愧，答应以后下楼去取牛奶。作为回报，拉比齐答应她，以后在旅途中看见什么鲜花，便摘下一束送给她。

拉比齐帮助老爷爷送完所有的牛奶，天已经大亮了。他告别老爷爷继续赶路。

走了一夜，拉比齐困极了，躺在树下的草丛中睡了一觉，直到中午才醒来。突然，他听见有个什么东西跑来，而且越来越近，接着就听到了沉重的呼吸声。他坐起来仔细一看，一个粗大、毛发蓬松的黄色脑袋从草丛中露出来。

真是一件意想不到的事！拉比齐站起身来，把这个毛发蓬松的脑袋紧紧地抱在怀里。这就是他亲爱的小狗邦达施！原来天亮的时候，邦达施找不到拉比齐，也从老瞪眼师傅家里偷偷跑了出来。它拼命追赶，终于追上了拉比齐！他们俩抱着在草地上打滚儿，乐得把什么都忘在了脑后。

拉比齐和邦达施兴高采烈地往前走，走着走着，来到一座破旧的小屋前。小屋的墙上画着一颗蓝色的星星，很远就能看见。忽然，他们听到屋子里有人在哭，进去一看，原来是一个和拉比齐差不多大的孩子。孩子名叫马尔诃，原来他弄丢了两只鹅。

"没关系，我们去把它们找回来。"拉比齐安慰着马尔诃，然后带着邦达施出发了。

屋子附近有个很大的水池，水池边长满了灌木丛，鹅就是在这里丢的。邦达施跑来跑去，东闻西嗅，忽然跳入水中，向对岸游去。

对岸长着茂密的芦苇。不一会儿，他们就听到了鹅叫声和犬吠声。邦达施在对岸找到了鹅！拉比齐和马尔诃一人抱起一只鹅，快乐地唱着歌回家了。这一晚拉比齐就在马尔诃家住下了。

第二天天刚亮，拉比齐和邦达施又出发了。马尔诃的妈妈给他们带上了面包和鸡蛋。

不久，他们来到一个采石场，看见采石工人一边干活，一边唱歌。拉比齐喜欢快乐的人，就在他们旁边坐下来，加入了歌唱。

在他们准备继续赶路的时候，不知道从什么地方来了一头小牛犊。

"有本事你跟牛斗一下，你们的身材差不多!"工人们开始起哄，对拉比齐说。

拉比齐听后大笑，用他结实的小手猛捶小牛，小牛也用它的脑袋顶住拉比齐。几个回合下来，仍然不见胜负。就在小牛又一次冲过来的时候，拉比齐机灵地向旁边一闪，小牛扑了个空，一下子滚到了沟里。

小牛摇摇晃晃地站起来，一溜烟儿地跑了。工人们纷纷赞扬拉比齐聪明。拉比齐拍了拍身上的土，又开始了他的行程。

天快黑的时候，突然下起了倾盆大雨，拉比齐看到不远处有一座桥，于是飞快地跑了过去。来到桥下，他发现有一个穿着黑色外套的人坐在那里。邦达施开始对那个人狂吠起来，不过拉比齐知道，做人应该和善、有礼貌。

"晚上好！"他对黑衣人说。

"晚上好。"黑衣人回答。

"外面的雨下得很大，我不想把我的皮靴弄湿了。我们能不能在这里避避雨？"拉比齐问。

"如果你愿意的话，当然可以。"黑衣人应允。

桥下有一堆干草，拉比齐把草铺开，然后脱下皮靴，仔细地擦干净放在身边，又把袋子枕在头底下。

"不管怎样，天亮后又可以穿上漂亮的小皮靴了。"拉比齐想着，很快就进入了梦乡。

夜里，邦达施突然狂叫起来。拉比齐累极了，拍了拍邦达施的头，让它安静些。邦达施也就不再出声了。

天亮醒来，拉比齐发现黑衣人已经离开了。他并不喜欢那个人，所以感到很轻松。他高高兴兴地爬起来，伸手去拿皮靴，可是马上惊呆了——皮靴不见了！

拉比齐在干草中里里外外找了很久，可还是没有皮靴的影子。一定是黑衣人偷走了皮靴。

"唉，可惜了，那可是一双漂亮的皮靴！"拉比齐叹了口气。

"我们去找他，邦达施。我们一定要把皮靴找回来！"拉比齐对邦达施说。

就这样，拉比齐打着赤脚出发了。

他们刚走不远，就看见前面有一个漂亮的女孩儿。拉比齐加快脚步赶上她，两个人很快闲聊起来。女孩儿说她叫吉苔，是马戏班里的演员，因为生了病在村子里休息，现在要去追赶马戏班。

"我很难过。今天早晨，我到井边去喝水，有人趁机偷走了我的匣子。那里面有好多东西，包括我的金耳环。"吉苔说。

"也有人把我的皮靴偷走了。不要苦恼，我们一定把耳环和皮靴都找回来。"拉比齐说。

　　拉比齐和吉苔一起往前走，邦达施走在他们中间。吉苔有一只鹦鹉，特别有意思，平时就站在她的肩头。他们像兵士一样，按照拉比齐吹口哨的节拍快步向前。时间过得很快，一会儿他们便来到了下一个村子。

　　进了村子，他们看见一个农民在铡草。

　　"您要雇工吗?"拉比齐走上前问。

　　农民觉得很有趣，因为拉比齐和吉苔都长得那么矮小，又穿着鲜艳的衣服，还带着一只鹦鹉和一条狗。农民表示很高兴雇佣他们。

　　正好是吃早饭的时候，农民把面包和腊肉分给两个孩子吃。早饭后他们就开始干活了。

　　拉比齐干活很卖力气，把草垛得整整齐齐。可是吉苔讨厌干这种活，把草弄得到处都是。农民看了很生气，拿着棍子要把她赶走。吉苔急中生智，扔下耙子，带上鹦鹉和衣服，钻进灌木丛中不见了。

　　吃晚饭的时候，灌木丛那边忽然响起了号角声。大家抬头望去，只见一辆饰满鲜花的车子驶了过来，吉苔穿着金色的衣服，像皇后一样坐在车子上，吹着号角。邦达施拉着车，脖子上挂着花环，尾巴上系着蝴蝶结。鹦鹉则在吊环上荡来荡去。

来到近前，吉苔跳下车子开始表演。她用一根杆子挑起鹦鹉，把它高高地举在自己头上。鹦鹉开始在上面做着各种各样的动作。最后，吉苔举起杆子，高声说了一句"晚上好"，同时把杆子向拉比齐一挥，鹦鹉马上飞向拉比齐，落在他的肩上，叼起他的帽子扔到地上，不停地说着"晚上好，晚上好，晚上好！"所有的人都被逗得捧腹大笑。农民也不再生气了，还请吉苔坐下来一起吃饭。

那天晚上，拉比齐和很多农民一起睡在草垛上。大家睡不着就聊起天来，拉比齐说起他丢失的小皮靴，大家则纷纷诉说着自己丢失的东西：一件外套、一把斧子、一只火腿、一个钱袋……聊着聊着就睡着了。

到了半夜，坏蛋格里戈里家的马棚失火了。尽管大家

都不喜欢他，可还是起来去帮忙。当人们把马棚的火扑灭后，格里戈里家的房子又烧了起来。

到燃烧的房顶上灭火太危险了，谁也不肯上去。

"赶快递给我一桶水！"房顶上有一个人在喊，大家抬头一看，正是拉比齐。拉比齐分开双腿，骑在屋脊上，把水往火焰里泼。不过水太少了，大火越烧越旺，只听"轰隆"一声，屋顶塌了下来，拉比齐一下子掉进了阁楼里。

拉比齐掉进阁楼以后，正好落在一个面粉箱里，一点儿也没受伤。他睁开眼睛的瞬间，奇迹发生了——他那双漂亮的小皮靴就摆在眼前。接着，他又看见了一件外套、一把斧子、一只火腿、一个钱袋，还有吉苔的小匣子。

"太神奇啦，大家快来看呀！"拉比齐大叫一声，坐在面粉箱里，就像只小耗子。

大家一齐向阁楼跑来。阁楼看起来像一个当铺！大家这才明白，为什么格里戈里总是在夜里出没，原来格里戈里和那个黑衣人是一对老搭档，他们把偷来的东西都藏在这里。

大家欣喜若狂，各自拿回了丢失的东西。拉比齐抚摸着他那双珍贵的小皮靴，高兴极了。

拉比齐看到一个生病的老太婆躺在床上哭泣，她是格里戈里的妈妈。她担心如果村里人发现了她的儿子，一定会打死他。

"请不要哭了。我认识格里戈里，昨天他走过田野的时候，有人把他指给我看。如果以后我遇见他，我会告诉他不要再跟黑衣人搅在一起，劝他到别的地方重新过本分人的日子。"拉比齐走到老太婆身边，低声对她说。

"如果你遇见我儿子，请把这个交给他。"老太婆递给拉比齐一块手帕，里面包着一块银币。拉比齐答应一定照办。

这天晚上大家都非常高兴，农民们还特意为拉比齐举办了一场晚宴。

大家都说拉比齐是个英雄，因为他光着脚就跑去救火，如今脚受了伤，都没吭一声。吉苔想，如果是自己烧伤了，准会大哭一场。

"我也受过伤。"她伸出右手大拇指说。

她的大拇指上真的有块十字形的伤疤。

"可我记不起是怎样受伤的了，那时候我还很小。"吉苔补充说。

第二天，拉比齐和吉苔离开村子，走了好长一段路，来到一个岔路口，一群牧童正在烤玉米。大家坐下来一起吃烤玉米。拉比齐给他们讲了"老瞪眼"师傅、黑衣人和格里戈里的事情。

"现在最要紧的是找到格里戈里。"拉比齐说。

"怎么找呢?"吉苔问。

"别异想天开了，你以为他会从天上落到你面前?"一个牧童说。

话音刚落，一辆失控的马车狂奔而来。突然，马车的一个轮子撞到石头上，车身一斜，车上的两个人被抛到路边的沟里。

"哎呀，这匹马可真漂亮，像我的苏科一样！"吉苔大叫一声。

拉比齐跑到沟边，发现这两个人就是黑衣人和格里戈里。

黑衣人也认出了拉比齐，像蛇盯着兔子一样看着他。邦达施也认出了黑衣人，露出了尖利的牙齿。

"赶快跑！你这个傻瓜，还等什么！"黑衣人对格里戈里说。

"马车坏了，走不了了。"格里戈里说。

"我帮你们修吧。"拉比齐走过来说，然后从袋子里取出工具，开始修理马车。格里戈里也坐下来帮忙，黑衣人则去整理马车。

"格里戈里，不管你以后干什么，千万不要回到村子里去。人们正等着要打死你。"拉比齐对格里戈里说。

"离开那个黑衣人，尽量跑远一点儿，找个地方重新去过本分人的日子。"拉比齐把手帕和银币交给了格里戈里。

这时，黑衣人过来了。吉苔和牧童们把马儿牵过来。

"我想我再也没有机会见到它了。"吉苔看着黑色的马儿被套上车辕，叹了一口气。

"别说废话，我们走！"黑衣人跳上车凶狠地说。

格里戈里坐在他的旁边，神情有些忧郁。

"我们到哪里去呢？"吉苔问拉比齐。

拉比齐也不知道，这时已经太晚了，但没有什么地方可以过夜，他们俩十分苦恼。

吉苔想出了一个好主意，其实当她看见拉比齐的工具时就想过，这些东西可能将来有用。

"你告诉牧童们，如果把他们家里的凉鞋都修好，他们要留咱们过夜了。"她悄悄对拉比齐说。

拉比齐照她的话做了，果然牧童们答应留他们在家里过夜。于是一行人向村子里走去。

村子不太远，牧童们把他们领到一个院子，将他们安排在烟囱旁的一个角落里，吉苔的鹦鹉则栖落在房梁上吊着的一个篮子里。

"快起来，把你们的凉鞋交给我。不要再睡了！"拉比齐拍着手，把孩子们喊醒。拉比齐天一亮就起来了，他有一大堆事情要做。

孩子们迷迷糊糊地爬起来，一会儿工夫，拉比齐面前就放了一大堆凉鞋。

"你能为穷苦的老雅娜补一双鞋吗?"讨饭的女人雅娜走到拉比齐的鞋摊前问。

"当然可以!有人需要,我自然会帮忙。"拉比齐说。

于是雅娜坐下来和他聊天,告诉他,昨天晚上,离这儿不远的一个树林里发生了一件糟糕的事。有一个人带着东西到市集上去卖,忽然来了几个强盗把他的东西抢走了。这个人现在是死是活,谁也不知道。强盗们却赶着车子扬长而去。

"得动身了,我们还有好长的路要走,而且还得找到你的马戏班老板。"拉比齐对吉苔说。

"我改变主意了,拉比齐,我不愿意再回他那里了。"吉苔说。

拉比齐听了很高兴,至少他以后不再孤独了。

他们走得很快,不一会儿就来到一个市集。市集上很热闹,卖什么的都有。

"我们在这里逛一会儿好不好?"吉苔说。

"我想在这里待得太久不合适，因为老瞪眼师傅可能在这里。离开他的头几天，我听他说过要去赶集。师傅还常说，倒霉的事总是在集上发生，所以在这里待久了不是好事，也许你的老板也在这儿呢。"拉比齐说。

边说边走，他们看见两个卖筐人。其中一个人有一顶漂亮的大帐篷，帐篷里摆着各种颜色的筐子，大家都被他的叫卖声和涂着颜色的筐子吸引住了。另一个卖筐人很穷，没有漂亮的帐篷，尽管他的筐子很好，却没人来买。

"我们帮助那个穷人把筐子卖掉吧。"吉苔说，然后拿起地上的铁盘子，边敲边叫卖，鹦鹉也跟着叫喊。

许多顾客被吸引过来，人们发现这些没有涂颜色的筐子质量更好，更结实。很快，所有的筐子都被买走了。

穷苦的卖筐人被吉苔漂亮的头发惊呆了，以为是安琪儿从天上下来帮忙。他请拉比齐和吉苔晚上去他家里过夜，不过被他们婉言谢绝了。

天快黑了，拉比齐和吉苔来到一个木马厂。如今这里已经停业了，因为雇工都回家了。吉苔说："我们可以做这份工作，这样我们不仅可以有吃的，也会有住的地方。"他们找到老板申请工作，老板当然很高兴。

拉比齐和吉苔骑上木马，把喇叭吹得震天响，木马开始旋转，小铃铛也叮当叮当响起来。人们围拢过来，兴高采烈地玩到深夜。

老板请他们吃完饭，然后说："孩子们，你们可以走了，谢谢！"

拉比齐和吉苔大吃一惊，他们原以为老板会给他们找个地方过夜，可现在怎么办呢？

黑夜之中，拉比齐、吉苔、邦达施和鹦鹉在茫茫的市集上闲逛，找不到一个地方过夜。

"别害怕，夜晚多么温暖啊，我们可以在露天过夜，可以尽情地呼吸新鲜空气！来吧，我们去找个地方。"拉比齐看见吉苔垂着头，不停地弄着自己的衣服，知道她就要哭了，于是装出一副很高兴的口气说。

"唉，要是和那个卖筐人去就好了！"他们摸着黑往前走，吉苔叹了口气。

"但那样我们就不能骑木马了。"拉比齐总能想到快乐的事。提起骑木马，他们马上变得高兴起来。后来，拉比齐找到了一堆袋子和布片，他们便在上面躺了下来。

月亮升起来了，吉苔突然听见有一匹马在嘶叫。

"好耳熟啊！是苏科，一定是我的宝贝苏科！"吉苔叫出声来，拽起拉比齐循声走去。在一块空地上，他们看见一个帐篷，原来是吉苔曾经所在的马戏班！

吉苔想去看她的马儿，于是他们悄悄地钻进马棚，邦达施在后面跟着。吉苔找到了小马苏科，亲切地和它搂抱在一起。

拉比齐继续往里走，突然一匹马让他大吃了一惊，原来给黑衣人拉车的马也在这里！不过马的样子不同了，鬃和尾巴被剪短了，还戴上了护胫。拉比齐连忙叫来吉苔辨认。

没错，就是那匹马！这时，他们听见有两个人说着话走过来。情急之下，拉比齐、吉苔和邦达施一起钻进马槽底下，还用一些草把自己遮盖起来。

那两个人走到亮光下，哦，原来是马戏班老板和那个黑衣人！

"交钱之前，请你告诉我这匹马的主人是谁。"马戏班老板说。

"放心吧，他在树林深处，我把他绑在一棵树上了。"黑衣人恶毒地笑着说。

老板放心地取出钱包，数了一些金币给黑衣人。

"现在我得告辞了，天亮前我们还得去偷一头母牛。我已经派格里戈里先到那里等我了，可我不太相信他。"黑衣人说。

"牛在什么地方？"老板问。

"我还没有去过，那座房子就在大路边上，只有一个女人和一个孩子住在那里，做起来不会太费劲。"黑衣人回答

说。

"你从来都没去过那里，怎么找到那座屋子呢?"老板继续问。

"再容易不过了，那屋子很破旧，墙上还画着一颗蓝色的大星星。"黑衣人得意扬扬地回答说。

两个人说着离开了马棚。

拉比齐从马槽下爬出来，感到脑袋嗡嗡直响。他确信黑衣人是要去偷马尔诃家的奶牛。他还记得那座破旧的屋子，墙上画着一颗蓝色的大星星。

"吉苔，在黑衣人到达之前，我得赶到马尔诃家，告诉他妈妈把牛藏好。"拉比齐对吉苔说。

拉比齐没有时间解释，和邦达施在月光下飞跑，吉苔紧跟在他们身后。跑着跑着，他们看见一辆马车缓缓驶来。拉比齐和吉苔发出一声欢呼，原来赶车的正是市集上那个卖筐的穷人!

"孩子们，你们向左拐，过了灌木丛就能看见那座有蓝色星星的屋子了。"卖筐人抄近路把他们送到一条林间小路上。

拉比齐和吉苔走进灌木丛，里面很暗，路也很窄。忽然，灌木丛的另一端有沙沙声传来，接着又响起枯树枝被折断的声音。

"拉比齐，拉比齐！"吉苔突然惊叫起来。原来几步之外有一个黑影。那个人划着一根火柴，就在这一瞬间，拉比齐看清了他的面孔，是老瞪眼师傅！他面色惨白，衣服也被划破了，站在那儿。

"师傅。"拉比齐喊了一声，不知道此刻是该高兴还是该害怕。

"拉比齐，我亲爱的孩子！"老瞪眼师傅抚摸着拉比齐的头发和脸，这是他有生以来第一次对拉比齐这么亲热。

两天前，老瞪眼师傅赶着租来的马车去赶集，来到树林深处时，中了两个人的埋伏。他们把他绑在一棵树上，抢走了马车。老瞪眼师傅绝望了。

"不过昨天夜里，有一个人跑了回来，把绳子割断，还给了我一块银币。"老瞪眼师傅说。

"那是格里戈里！"拉比齐不禁叫出声来。

"因为去这个集市，我第二次遇到不幸的事了。"老瞪眼师傅把他的遭遇讲完，又补充说。

"那第一次是怎么回事？"拉比齐问道。

"等回家后我再告诉你。拉比齐，你放心，我以后一定会让你快乐。"老瞪眼师傅说。

这时，月亮变得明亮起来。

"我的天啊，我们得及早赶到马尔诃家去！"拉比齐突然惊叫一声。

于是，大家一起加快了脚步。

没过多久，他们就走出了灌木丛。老瞪眼师傅一手拉着拉比齐，一手拉着吉苔。一路上，拉比齐讲述了黑衣人和马尔诃家奶牛的事情。天还没有亮，他们就来到了马尔诃家的屋子前。他们甚至还可以听到牛棚里铃铛的响声和那只漂亮的母牛吃草的声音。拉比齐很高兴，终于赶在了黑衣人行动之前。

房子里静悄悄的。拉比齐在门上敲了几下，是马尔诃的妈妈起来开的门。拉比齐把强盗要来偷奶牛的消息告诉了她，马尔诃的妈妈表示万分感谢。

可是不知为什么，那个黑衣人一连三天都没来。几天以后，人们在悬崖下发现了一具尸体，尸体身上穿着一件黑外套。

拉比齐和师傅、吉苔愉快地往家走，在路上，他还采了一束罂粟花和雏菊。

这时候，老瞪眼夫人已经哭红了眼睛。她听说丈夫被抢了，还被拖进了树林，以为老头子死定了。

突然，一群人说笑着走进院子，开始她还以为自己是在做梦，然后便高兴地哭起来。现在，大家都回来了，还带回来一个漂亮的小女孩儿。老夫人慈祥地拉过吉苔，怎么看也看不够，不过表情中总带着点儿忧郁。

吃过晚饭，老瞪眼夫人对丈夫说："我们的玛丽霞要是还在，差不多和吉苔一样大了。"两人长叹了一声。

"我曾经答应过你，要把我在市集上遇到的不幸告诉你，马上你就知道了。"老瞪眼师傅对拉比齐说。

"八年前，我们住在另一座城市。我们有一个漂亮的女儿，名叫玛丽霞，那时她只有三岁。那一天，城里有市集，我就带着她一起去了。可是当我忙着卖鞋子的时候，她却不见了。"大家静静地听着老瞪眼师傅的讲述。

"我们找了很久，可是怎么也找不到。天知道是哪个坏蛋把她抱走了，也不知道她会受多少苦。后来我们搬出了那座城市，实在不想回忆起在那里发生的事情。从那时起，我的心肠就变硬了。因为这个，你也吃了很多苦头。可是现在情况不同了，要不是你的善良，格里戈里就不会悔改，也就不会帮助我死里逃生。"师傅说完叹了口气。

老瞪眼师傅的一番称赞，把拉比齐弄得不知如何是好，甚至不知道手该放哪儿。拉比齐一会儿抓抓耳朵，一会儿又用红衬衫的袖子擦他的小皮靴。

"我想您再也找不到玛丽霞了。即使您遇到了，大概也认不出她来了。"拉比齐感叹。

"我们永远也找不到她了，不过我们还是可以认出她来的。"老瞪眼夫人说，样子非常难过，不停地擦拭着眼泪。

"您最后看见她的时候，她还那么小，您怎么能认出她来呢?"吉苔问。看到这位善良、慈爱的夫人那么悲哀，她几乎也要哭出来。

"我们可以认出她来，她小时候有一次玩刀子，不小心把大拇指割破了，手指上留下了一个十字形的伤疤。"老瞪眼夫人说。

"妈妈，亲爱的妈妈，我就是你的玛丽霞呀!"吉苔听到这里，吃惊得瞪大了眼睛，一下子扑进夫人的怀里。大哭起来，手指上的伤疤居然让她找到了妈妈。

"啊，我的宝贝。"老瞪眼夫人紧紧抱着女儿，高兴得哭起来。老瞪眼师傅来到吉苔身旁，把手放在她头上，幸

福得一句话也说不出来。

"我还是叫你吉苔吧，这样我会时时记得我们共同的经历。如果我叫你玛丽霞，就会觉得好像在和一个陌生人讲话。"拉比齐说。

"亲爱的拉比齐，要是没有你，我们就永远也见不到玛丽霞了。"老瞪眼师傅说。

第二天，老瞪眼师傅和夫人为两个孩子买了新衣裳，把他们打扮得漂漂亮亮，去了教堂。

"我还有一件事要做，请允许我出去半个小时。"从教堂回来，拉比齐说。

老瞪眼师傅欣然同意。

拉比齐拿起他采的那束罂粟花和雏菊，他没有忘记给女佣送花的承诺。他很快就找到了那座房子，爬到三楼，按响门铃。开门的还是那个女佣。看到拉比齐穿得如此漂亮，女佣感到非常惊奇。

"我答应过的，阿姨。"拉比齐说着，把那束花递了过去。

"你还真的说到做到。你也很幸运，有封信要转交给你。如果你不来送花，也就得不到这封信了。"女佣说。

"这是一个男孩子送来的，他告诉我，那个送奶的老人已经去世了。这就是他要我交给你的。"女佣回屋取出一个大信封说道。

拉比齐拆开信，信的内容是这样的：送奶老人没有亲人，他立下遗嘱，把自己的驴子和送奶车留给拉比齐。

"啊，我多么感谢这位老人，多么希望他能知道，吉苔和我会仔细地照料他的驴子！"拉比齐满怀感激。

"我们以后可以用驴车送鞋子了！"拉比齐撒腿就往家跑，他远远地挥着手里的信，对老瞪眼师傅喊道。

这天下午，拉比齐和吉苔接受了送奶爷爷留下的遗产——一辆驴车。他们赶着驴车往回走，不时在空中甩着响鞭。他们给驴子起了一个新名字：可可丹。

"如果孩子们永远都是这个年纪，那该多好啊！"在家门口，拉比齐从车上跳下来，兴奋地把帽子扔向空中。旁边恰巧站着一位老奶奶，她看到拉比齐和吉苔是如此快乐，叹了一口气。

"如果我们总是这样，那我们在学校里就永远不能毕业了，那样老师会厌烦的。我们最好还是每一天都快乐，每一天都长大。"拉比齐笑着说。

拉比齐和吉苔一天天快乐地长大。

　　一个星期天，老瞪眼师傅带他们去看马戏。吉苔坐在观众席上，看见一个美丽的小姑娘骑着一匹白马。那匹马就是苏科。原来，她和拉比齐回家不久，马戏班的老板就病倒了，死前不住地忏悔自己的罪过。

　　拉比齐和吉苔终于长大成人，他们结了婚。后来，老瞪眼师傅也老了，拉比齐继承了他的事业。

　　拉比齐和吉苔后来有了四个孩子和三个徒弟。有时，在星期天的下午，孩子们和徒弟们围坐在一起，听拉比齐讲述他那些有趣的往事。

　　对于那双小皮靴，拉比齐则把它陈列在一个玻璃匣子里，让大家随时都能看见。

三条鳗鱼

很久以前，在大海边的小村庄里，住着一个十分贫穷的渔夫。

运气好的时候，渔夫出海能打到满满一船鱼，运气差的时候，就一无所获。

最近，渔夫简直倒霉透顶，连续两天出海，打到的都是不值钱的鳗鱼。

第三天，渔夫一边祈祷一边把网拖出来，满怀希望地一看，竟然还是三条可恶的鳗鱼。

"真倒霉！又是可恶的鳗鱼！真没劲，还不如在家里围着火炉烤火呢!"渔夫气急败坏地怒骂起来。

"好心的老爷爷,别难过了! 你还不知道吧,捉住我们是你的福气,因为我们可以给你带来好运气。你只需要把我们其中一条,带回家做熟,分成四段,让你的妻子,还有家里的母马、母狗都吃上一段,把剩下的最后一段埋在你家房后的园子里,不久之后,你的妻子就会生下两个儿子,你家的马会生下两匹小马驹,你家的狗会产下两只小狗,而你埋鳗鱼的园子里,会出现两把金光闪闪的宝剑。"一条鳗鱼开口说话了。

听了鳗鱼的话,渔夫感到不可思议,半信半疑地按照鳗鱼说的那样,挑选了一条鳗鱼带回家,把剩下的两条鳗鱼放回了海里。

一年过去了,鳗鱼说的事情竟然都发生了。他的妻子生了两个可爱的儿子,小狗生了两只活泼的小狗崽,而母马则生出了两匹健壮的小马驹,园子里也长出了两把金光闪闪的宝剑。

　　时间一天天过去，孩子们渐渐长大了，每天快乐地和小马驹、小狗一起玩耍。

　　"父亲，尽管我和弟弟每天都在帮你捕鱼，可我们的日子还是很穷，一年到头吃不饱，穿不暖。我已经长大了，不想您每天这么辛苦，也不想我们就一直过这样的穷日子。如果你允许的话，我想去外面的世界闯一闯，碰碰运气！我想带走一匹马，一只狗，还有一把宝剑，请你相信我，我年轻力壮，不会挨饿的，就让我出去长长见识吧。"哥哥对父亲说。

　　渔夫虽然舍不得孩子离开家，可孩子说的话也有道理。他思前想后，终于同意了。

　　哥哥离开家的时候，把弟弟叫到身边。

　　"亲爱的弟弟，我离开家后你要照顾好父母，他们年纪大了，你一定要多替他们干些活儿。这里有个小瓶子，瓶子里装满了清水，你要好好保存，一定要时刻戴在身边，如果瓶子里的水变浑浊了，那就是我死了。"哥哥嘱咐道。

"哥哥，你一定会平安无事的！"弟弟对哥哥说。

哥哥紧紧地拥抱了一下弟弟，然后便离开了家。

哥哥离开家后，走过一个又一个村庄和城市，很快就来到了王国繁华热闹的都城。当他正骑着马在街上漫步时，国王的女儿透过窗户看见了英俊的哥哥，一下子就爱上了他。

公主很任性，害怕这个不知名的年轻人走掉，就再也看不见了，于是跑到国王面前，说自己想邀请年轻人到王宫里来。

国王听后大吃一惊，尽管经常听到女儿千奇百怪的想法，而且也都想方设法满足了女儿的要求，可这个想法比以往的想法都奇怪。

国王本来不想答应，可看着女儿期待的目光，实在不忍心回绝，就派了一个侍卫去请哥哥。

哥哥骑着马，牵着狗进入王宫。人们看到来了这么一个英俊的年轻人和一只这么活泼可爱的小狗，都兴奋地围上来。

"看啊，这是哪里来的小伙子，真是太英俊了!"一个人说道。

"是啊，我还从来没见过这么潇洒英俊的人呢!"另一个人说。

听到人们对年轻人的称赞，国王的女儿高兴极了。

"父亲，我喜欢这个英俊的年轻人，我要嫁给他，请您帮我问问他同不同意。"看着在太阳下闪闪发光的宝剑，公主兴奋地对父亲说。

国王想了想，觉得女儿也到了该结婚的年纪，就招了招手，把哥哥叫到身边。

"小伙子，你想和我那美丽的女儿结婚吗?"国王亲切地问道。

"当然!"年轻人几乎不敢相信自己的耳朵，急促地点着头，眼睛却一分钟也不敢从公主身上挪开，担心这只是一场梦。

没过多久，年轻人就和公主结婚了，国王为他们在王宫中举行了盛大的婚礼。

一天晚上，年轻人和妻子在王宫里欣赏美丽的星空，可是当他透过玻璃窗向外看时，不由得大吃一惊。

原来，远处有座高山，山上燃烧着熊熊大火，哥哥连忙问公主这是怎么回事儿。

"你千万别到那里去，那座山里有妖怪，白天会发光，夜里就会着火，凡是去山里探听情况的人，都受到惩罚，变成了一块石头。"公主犹豫了一会儿说。

听了妻子的话，哥哥什么也没说。

第二天清晨，哥哥悄悄骑上马，带着狗，挎着宝剑，向那座大山出发了。

他来到山脚下，穿过弯弯曲曲的小路，远远看见一位老奶奶坐在石头上面，一只手里拄着拐杖，另一只手里拿着草药一样的东西。

"老人家，您能告诉我，这座山为什么白天会放光，晚上会着火吗？"哥哥大声问道。

"我可以告诉你，但我年纪大了，说话不能大声，你走近一些我就告诉你。"老人看了看他说。

老人说完，慢慢地拄着拐杖站了起来，领着年轻人走了一会儿，转个弯来到一堵高墙前面。

让哥哥吃惊的是，这是一面用人的骨头堆起来的墙，他刚走进大门，脚步一迈进院子，就看见到处是石头人，每个石头人都有一双会动的眼睛。

石头人悲伤地看着他，好像要对他说些什么。哥哥转身就想往回跑，可身体就像灌了铅一样，一步也挪动不了。

他张开嘴想大喊几声，却发不出任何声音。他低头一看，惊讶地发现，自己居然也变成了石头。

弟弟在家帮父母干活儿，但每天都很想念哥哥，没事儿时，就看着哥哥留给自己的小瓶子，希望哥哥能一切顺利。

这一天，弟弟像平时一样拿出瓶子查看，不由得担心起来，因为瓶子里的水变得有些浑浊，他知道哥哥一定是遇到危险快要死了。

弟弟把哥哥有危险的消息告知父母后，就踏上了寻找哥哥的路。

走过一个个小山村，弟弟来到城里，到处打听哥哥的下落。

国王从城楼上看见了他，急忙告知正在为丈夫失踪而着急伤心的公主。

"女儿，你的丈夫回来了！"国王对公主说。

听了父王的话，公主兴冲冲地冲出城堡，看见了弟弟挎着宝剑，还有他的马和狗。

没错，这明明就是自己的丈夫。公主激动地流下眼泪，国王也高兴地紧紧拥抱着弟弟，把他拉进了宫殿。

国王和公主都把弟弟当成了哥哥。

弟弟刚开始很迷惑，但他很快就明白过来，一定是国王和公主把自己当成了哥哥。

弟弟想了一会儿，决定先隐瞒自己的身份，假装是哥哥。

回到王宫后，公主询问弟弟为什么这么多天都没有消息。弟弟回答说是一个人去森林打猎迷了路，好不容易才回来。

晚上，弟弟跟随着公主来到卧室。

"我想呼吸一下新鲜的空气。"说着，弟弟来到窗前，向外张望，却看见满山的大火。

"你能告诉我，为什么山上全是火吗?"弟弟问公主。

"在你出去打猎的前一晚，我不是告诉你了吗，你怎么这么快就忘了? 那是一座任何人去了都会变成石头的山，这段时间我一直担心，怕你没听我的劝告，去了那里。"公主急忙说道。

听完公主的话，弟弟一下子就猜到，哥哥一定是去了大山那里。

第一道黎明的曙光照着玻璃窗时，弟弟就偷偷溜出王宫，骑上马，带着狗和宝剑，急速地向大山飞奔而去。

弟弟也穿过小路，看见一个老太婆坐在一块大石头上。

他二话不说，举起宝剑向老太婆冲了过去。狗也和主人一样勇敢，扑向老太婆。

"千万别杀我，饶了我吧!"老太婆吓得哆哆嗦嗦，叫了起来。

"快把我的哥哥交出来，否则别怪我不客气！"弟弟怒吼道。

狗也冲老太婆不停地吼叫，仿佛随时都要上前吞掉她。

看着勇敢的年轻人，老太婆吓得连忙走进院子，不一会儿就领着哥哥出来了。

兄弟二人一见面就紧紧地拥抱在一起，不停地说着各自的经历。

要离开大山的时候，哥哥回头看了看那堵用很多无辜的人的性命垒起来的高墙。

"弟弟，还有很多不幸的人被关在这里，我怎么忍心独自离开呢，我们一起想办法救出这些人吧！"哥哥伤心地说。

两个人悄悄躲在树丛里，仔细观察。

过了一会儿，老太婆觉得兄弟二人走远了，就走出门来，刚一出门，就被两兄弟捉住了。

兄弟二人一把抢过老太婆手中的草药，把她捆在大石头上。

兄弟二人走进院子，用草药在每个石头人身上擦了擦，不一会儿，石头人便都复活了。

大家兴奋地走来走去，互相打招呼问候，欢呼声和笑声充满了整个院子。

大家气愤地冲向老太婆，想要杀死她，却被哥哥拦住了。

"杀了她也太便宜她了，让她也尝尝被变成石头人的滋味，让她也知道知道被困在院子里不能说话，也不能动的感觉。"哥哥对大家说。

他们把恶毒的老太婆推进院子，没了草药的老太婆立刻变成了一块丑陋的石头。

从那以后，老太婆就独自待在这个院子里，像以前被她折磨的人一样，被风吹、日晒、雨淋。

激动的人们簇拥着兄弟二人来到王宫，举行了隆重的庆祝活动。

国王也因此奖赏了勇敢的弟弟。

弟弟告别了哥哥，带着国王的赏赐回到家，和父母过上了幸福的日子。

在老国王去世后，哥哥和公主一起治理王国。他们对老百姓很仁慈，王国也越来越繁荣昌盛。